QUI A TUÉ MON PÈRE
ÉDOUARD LOUIS

谁杀了
我的父亲

[法]爱德华·路易 著
赵一凡 译

上海译文出版社

致格扎维耶·多兰[1]

[1] 格扎维耶·多兰（Xavier Dolan, 1989— ），加拿大影人，2009年自编自导自演第一部电影长片《我杀了我妈妈》在戛纳电影节上摘得三项大奖。（译注。本书注释如无特别说明均为译注。）

如若这个文本是一部戏剧，那就该以如下语句开头：父与子彼此相隔数米，他们身处一个巨大、空旷的空间。这一空间可以是麦田、废弃无人的厂房、铺设塑胶地板的学校体育馆。可能下着雪。可能雪幕渐渐将他们覆盖，直至完全消失。父与子几乎从来不看对方。只有儿子在说话，一开始的几句是在念一张纸或打在一面屏幕上的稿子，他尝试和父亲说话，但不知为何，父亲仿佛听不到他。他们彼此离得很近但找不到对方。偶尔他们皮肤相触，碰到一起，但即便这样，即便在这些时候，他们仍旧相互缺席。儿子一人说话且只有他说话的状况对两人来说都是一件粗暴的事：父亲被剥夺了讲述自己人生的可能性，儿子则期待着一个永远得不到的回应。

I

被问及种族主义一词对她意味着什么，美国知识分子露丝·吉尔摩[1]回答说种族主义是让某些人群遭受过早死亡的威胁。

这一定义同样适用于男性暴力、对同性恋或跨

---

[1] 露丝·吉尔摩（Ruth Gilmore，1950— ），美国地理学家，纽约市立大学教授，监狱与废狱专家。

性别者的仇恨、阶级统治、所有社会政治压迫现象。如果把政治视作部分生者对其他生者的治理，视作个体生活在他们未曾选择的社群内部，那么，政治即是区分，一边是生存得到肯定、鼓励、保护的人群，一边是暴露在死亡、迫害、谋杀风险之中的人群。

上个月，我到你现在居住的北方小城去看你。这是一个丑陋、灰暗的城市。距离海边只有几公里，但你从来不去。我已经有好几个月没见过你——上次见面是很久以前。你来开门的时候我没认出来。

我看着你，试图在你脸上读到远离你的那些年。

后来，和你一起过的女人对我解释说你几乎不能走路了。她还告诉我，夜间，你要靠一台仪器呼吸，否则心跳会停止，没有助力，没有机器的帮忙，你的心脏再也无法跳动，再也不肯跳动。当你起身去洗手间再走回来的时候，我看到，你走的这十米让你呼吸急促，你不得不坐下来喘气。你道了歉。这是新事物，来自你的道歉，我得适应下。你对我解释说你得了一种重型糖尿病，还有胆固醇过高，说你随时有可能心脏骤停。光是向我描述这一切，你就喘上了，你的胸腔耗尽了氧气，仿佛漏了气似的，甚至说话也成了一项过强过重的负担。我看出你在同你的身体抗争，但我试图表现得什么都没注意到。我来之前的一周，你做了个手术，治疗医生所称的"内脏脱出"——我之前不知道这词。你的身体对它自己来说变得太重了，你的肚腹往地面下垂，下垂得很厉害，非常厉害，厉害到从内部撕裂，因为自重、因为自身的质量而扯裂。

你不能再开车，会有生命危险，你再也不能喝酒，你再也不能冲澡或工作，风险太高。你才五十出头。你属于被政治认定早死的那类人。

整个童年，我都巴望着你不在家。我每天傍晚放学，大约五点。我知道，当我走近家门，如果你的车没停在家门前，那就说明你去了咖啡馆或你哥哥那里，你会晚归，可能要到入夜的时候。如果看不到你的车停在门口的人行道上，那我就知道你不和我们一起吃饭了，我妈最后会耸耸肩，给我们盛菜，而我要等到第二天才会看到你。每一天，当我走近我们那条街，我就想着你的车，在脑子里祈祷：让它别在那儿，让它别在那儿，让它别在那儿。

我只是无意间了解了你。或通过别人。不算很久以前，我问我妈，她是怎么认识你的，为什么会爱上你。她回答：因为香水。他喷香水，那个时候，你知道，和现在不一样。男人从不喷香水，没这做法。可你爸就喷。没错，他喷。他不一样。他那时可真好闻啊。

她继续说是他追的我。我那时刚和第一个丈夫离婚，总算给我摆脱了，没男人我更幸福。没男人女人总是更幸福。可他不死心。他每次不是送巧克力就是送花。所以后来我就让步了。我让了步。

2002年——这天，我妈逮到我一个人在自己房间跳舞。我算得注意了，跳的是最安静的动作，尽量不出声，不喘粗气，音乐也不是很响，可她在隔墙的另一侧听到了一点动静，过来看是怎么回事。我被吓了一跳，气喘吁吁，心提到了嗓子眼，肺也提到了嗓子眼，我转向她，等着——心提到了嗓子眼，肺也提到了嗓子眼。我以为她会骂我或者笑话我，但她微笑着对我说跳舞的时候我最像你。我问她："爸爸也跳过舞？"——你的身体曾有可能做过如此自由、如此美丽，与你的男性气概强迫症如此不相容的事，这让我明白，或许你，某一天，曾经是另一个人。我妈点头肯定："你爸以前老跳舞！走到哪跳到哪！他一跳大家全看他。我自豪，因为他是我男人！"我奔跑着穿过房子，到院子里找你，你正在劈过冬用的木柴。我想知道这是不是真的。我想要一个证据。我把她刚才告诉我的话对你重复一遍，你垂下眼，语速极慢地说："别老信你妈胡说八道。"可你脸红了。我知道你在撒谎。

*

一晚，我一个人在家，你们到朋友家吃饭去了，而我不想跟着——我记得柴炉散发出灰烬的气味和沉静的橙色光芒，充盈了整个屋子——我在一本被虫蛀过、受了潮的老旧家庭相册里翻到好几张照片，照片上你化装成女的，成了游行队伍中的制服女郎。自打我生下来，我一直看到你鄙视男人的女性化表现，一直听你说男人绝不能把自己搞得像个女人，绝不。你在照片上看起来三十岁左右，我想那时我已经出生。我盯着这些照片直至夜深，你的身体的照片，穿着短裙、头戴假发、涂着口红、T恤衫下估计是你自己用棉花和胸罩垫出的假胸。最令我惊讶的，是你看上去很幸福。你在微笑。我偷了这张照片，尝试解读它，每周好几次，把它从我藏着它的抽屉里拿出来。我什么都没对你说。

一天,我在一本笔记里写下一句关于你的话:撰写他的人生史即是书写我不在场的历史。

另一次,我撞到你正在看电视里直播的一出歌剧。你之前从不看歌剧,从未当着我的面看。女歌唱家唱完一曲悲歌,我看到你的眼睛里泪光闪烁。

这就是最不可理解的,即使无法一直遵循世界强加的标准与规则的人也一个劲地要让别人遵守它们,比如你,你说男人永远不哭。

这是否让你纠结,这一悖论?你反复说男人永远不哭,你是否觉得哭泣很丢人?

我想告诉你:我也哭。很爱哭,经常哭。

2001年——又一个冬夜，你请了客人和我们共进晚餐，很多朋友，你不常做这事，我冒出个想法，为你，为在场的大人准备一场表演。我向桌边坐着的所有孩子提议，除我以外的三个男孩，提议他们到我的房间来化装、排练——我当时决定我们可以模仿一个名叫 Aqua 的流行乐队，这个乐队现已消失。我花了一个多小时设计舞蹈、动作、手势，我发号施令。我决定自己扮演女主唱，其他三个男孩扮演伴唱的乐手，假装弹奏隐形的吉他。我第一个走进饭厅，其他人跟在我后头，我发出信号，我们开始表演，但你马上就转过头去。我不明白。其他大人都看着我们，但你不看。我唱得更响，跳舞动作幅度更大，想吸引你的注意，但你不看。我对你说，爸爸，看啊，看啊，我竭力争取，但你不看。

你开车的时候，我对你说：来个一级方程式车手！于是你加速，在乡间的小路上飙到每小时一百五十公里以上。我妈害怕了，叫起来，管你叫疯子，而你在后视镜里微笑着看我。

你生在一个有六七个孩子的家里。你爸在工厂干活，你妈不工作。他们从来没有过上好日子。关于你的童年我能说的几乎只有这些。

你爸在你五岁时丢下你们走了。这个故事我讲过很多次。一天早上他去工厂上班，晚上没有回来。你妈，我奶奶，她告诉我她那天一直等着他，反正整个前半生她只能这样做，等他：我给他准备了晚饭，我们和平常一样等着他，可他再也没回来。你爸成天喝酒，某些晚上，他喝多了就打你妈。他抄起餐盘、小物件，有时候甚至举起椅子，朝你妈脸上扔过去，然后走上去用拳头打她。我不知道你妈是否喊叫，还是一声不吭地忍痛硬扛。你，因禁在儿童弱小的躯体里，你看着他们，无能为力。

这事我以前也讲过——但既然没人愿意倾听如你一般的人生，那在讲到你人生的时候是不是该一讲再讲？是不是该一讲再讲直至他们听我们讲？逼着他们听我们讲？是不是该大声疾呼？

我不怕重复自己，因为我的所写所述并不遵从文学要求，而是出于必需，出于紧急，因为水深火热。

我以前讲过：你爸死的时候，听到消息，听到他的死讯，你想要庆祝。你从未忘却他对你妈做了什么。你姐姐曾经好几次试图劝你和他和解，她来找你，劝你忘掉，她选择了原谅，可她来的时候，你全神贯注盯着你在看的电视节目，假装不知道她来。总之，你得知你爸死讯的那天，全家都在厨房，同一天，或者同一周，你正好过四十岁生日，大家还在看电视，你提高嗓门以便所有人都能听见——回头想想可能你的音量有点过头，语调里有某种不寻常的东西，好像一句准备了好几个月的话，刻意——你说：我得去买瓶酒干上几杯。你开着你的小汽车，去村里的杂货店买了茴香酒。整晚你都在庆祝，又笑，又唱。

很奇怪，因为你爸曾经暴力，你像强迫症一样反复说你绝不会使用暴力，绝不会打任何一个孩子，你对我们说：今生今世，我绝不会对我的哪个孩子出手。暴力并不只催生暴力。我一直重复这句话，念念不忘，即暴力是暴力之源，我错了。暴力救我们于暴力。

你爸不是第一个有酒精问题的人。酒精在你出生前就已成为你人生的一部分，在我们周围，酒精引发的事件层出不穷，交通事故，晚宴上喝多了回家时走在薄冰上滑倒去世，由葡萄酒和茴香酒导致的家庭暴力，还有很多其他问题。酒精担负着遗忘的机能。责任在于世界，可如何谴责世界，它所规定的人生令我们周围的人除了尝试遗忘外——使用酒精，通过酒精——没有其他选择。

遗忘或死亡，或遗忘并死亡。

遗忘或死亡，或遗忘并因竭力遗忘而死亡。

我和其他孩子为你表演假演唱会的那个晚上，我不依不饶，我不想停下，我希望你看看我，屋内的气氛变得尴尬起来，而我继续求你，看啊，爸爸，看啊。

1998年——圣诞节。我重建当时场景，我尽力而为，但现实就像一场梦，我越想抓住，就越是想不起来。全家围坐在餐桌边。我吃得太多，你为了平安夜买了太多吃的。你总怕因为缺钱而和别人不一样，你总说：我不懂我们有什么道理和别人不一样。因为这个缘故，你要在餐桌上摆满你觉得其他人过圣诞时购买、食用的一切，肥肝、牡蛎、年轮蛋糕，这吊诡地导致我们越穷，过圣诞花的钱反而越多，独怕和其他人不一样。

我和我妈，和我哥我姐聊，但不和你聊。你不说话。你说你讨厌过节。进入十二月，你就告诉我们你巴不得节日快快结束、过去，成为往事，而我认为你假装仇恨幸福以让自己觉得，你的人生之所以有着不幸人生的形貌，那是因为这是你的选择，似乎你想让人相信你对自己的不幸全盘掌控，似乎你想让人感觉你的人生之所以艰难，那全是你因为厌恶快乐、厌恶愉悦而有意识的追求。

我认为你拒绝人生已经失败的结果。

每年圣诞，你把礼物藏在小汽车的后备厢里。你会等我上床睡觉后去把它们拿进来，放在圣诞树下，让我第二天醒来后就能找到。

但这天夜里，将近午夜，我们还没睡下，我就听见，其他人也听到了，外面一声爆炸。仿佛就发生在厨房似的，那么响，那么剧烈，我不知道怎么说，就像一架飞机在我们屋前或后院坠地摔了个粉碎，我找不到合适的比喻。你出门查看发生了什么事，我跟着你，我看到：你的小汽车还在原位，但被挤扁了,变成一块不成形、没有结构的金属。四周围都是塑料碎片,一缕缕破碎的礼品包装纸飘荡在空中,但最重要的是,在你消失的小汽车几米远的地方停着一辆运输摩托车的巨型卡车,车身还带着事故造成的擦伤。驾驶卡车的人——这一切的肇事者——把车停在那里欣赏惨剧。远远地,我望见凝雾从他口中冒出,上升的雾气模糊了他的面容。他活像个幽灵。一看见我们,他便发动卡车,消失在更远的黑夜中。你去追他,这毫无意义,你永远也追不上一辆卡车,没有任何希望,完全不可能,但你还是追上去,边追边喊,我要宰了你,婊子养的,你高喊,我要宰了你——我看着你在他后面追,你的身体没进黑夜,化入暝色,随后重新出现,返回,垂头丧气,呼吸急促。

要记住这些我当时还太小,但我记得,记得你看着汽车残骸的脸，你脸上某些表情让我哭了起来，我问现在你要怎么才能去上班。我躺在沙发上，整个平安夜一直在哭。我为什么哭？我的确应该哭，因为我的礼物报销了——我明白得很，我知道你把它们藏在车上，七岁的我不会因为汽车而哭，我的确应该哭，我惦记我的礼物本是理所当然。你是否已经让我明白我们属于那些谁也不愿帮忙的人？你是否已经向我传递了我们的社会地位代表的意义？

我经常觉得我爱你。

当我问我妈关于你的问题时，她说你爸的失踪让你们的日子更苦了。你妈一个人得抚养六七个孩子，她没有念过书，找不到工作。彼得·汉德克说："在这种境遇里生为女人直接等于死亡。"可我妈还说你们更幸福了，因为家里的男人消失了，带走了他的暴力、对他一举一动的诚惶诚恐，以及他的男性疯狂。

所谓的历史不过是同样的情感、同样的愉悦穿越时间，透过诸多身体重复的历史，把你赶走后，我妈也尝到了同样的幸福。那是一个工作日的晚上，你因为去你哥家或是去咖啡馆而不回来，留我妈在家等你，她把你的衣服塞进几个垃圾袋，开窗扔到了人行道上。那时我已经成年，我十八岁了。我不再和你们一起过，这事是她告诉我的。你和你那些哥们一起外出，没告诉她何时回来。长年以来，她做的也只有这一件事，等你，就像之前你妈之于你爸，但那天晚上我妈决定到此为止。你们共同生活了二十五年。大半夜的时候你回来了，但门锁上了，你砸墙，拍窗户，你喊叫，你还没明白你的衣服为什么会装在黑色塑料袋里出现在人行道上，你假装还不明白。我妈隔着门冲你喊永远别来了。你问：永远？她重复一遍：永远。结束了。你离开后，她不再是，如她自己所说，同一个人，将近五十岁上，她有生以来第一次去了大城市生活，她去了其他地方旅行。她找到了新的爱好，尤其是新的厌恶。对于生下来就过的那种日子，她现在会说："啊，乡下那风气！"

假演唱会那晚，我跳得真有些喘了，但我不肯放弃，我不知道继续了多久，我坚持，看啊，爸爸，看啊。最后你站起来，你说，我去外头抽根烟。我伤到了你。

你一直没从和我妈的分手中恢复过来。你身上某些东西被毁掉了。一如既往,分手让你明白你有多爱她。断绝关系后,你变得对外界更敏感,你更频繁地生病,什么都会伤到你。就好像分手的痛苦在你身上割开了一道伤口,突然使得环绕你的一切,外界,包括暴力,得以进入。

以前你心情好的时候,你管我妈叫"宝贝""小鹿鹿""老妈"。

你当着别人的面拍她的屁股,她对你说:"别这样,多不雅!"你笑起来。你的笑让她觉得可笑。

她抱怨过生日的时候你只送她吸尘器、锅子,或者清洁家居的物品:"我又不光是个女用人。"

她对我说:"每次吵完,你爸总向我保证他会改。他总说会改可他从来不改。咬人狗会再咬。"

假演唱会那晚,我是不是因为选择扮演女歌

手—女孩而伤到了你？

你读书不多。对你来说，尽快停学事关男性气概，在你的生活环境里，这是惯例：要有男子气，不能表现得像女孩，不能是同性恋。只有女孩和其他人，那些性向疑似异常、不正常的人，才会老老实实遵守学校的规矩，遵守纪律，把老师叮嘱、要求的事奉为圭臬。

对于你，构建一个男性身体意味着反抗学校体制，反抗命令，反抗秩序，乃至与学校及其所代表的权威对峙。初中时，我的一个堂兄当着全班扇了老师的耳光。至今家里还把他当成英雄来夸。男性气概——不能表现得像女孩，不能是同性恋——意思就是，尽快离开学校以向其他人证明自己的力量，尽早展示其不服从。因此，这是我的推断，构建自己的男性气概,即相当于自我剥夺教育本会提供的另一种人生,另一种未来,另一种社会命运。你因男性气概而注定贫困、无钱。仇恨同性恋,可以和贫困划上等号。

我试图表达一些东西:如今细细想来,我感觉你的存在(existence)是一种你无法自主且恰恰与你对立的否定式存在。你没有钱,你没能上学,你没能游历,你没能实现你的梦想。讲述你人生的言语里几乎只有否定。

在他那本《存在与虚无》里,让-保罗·萨特探讨存(être)与其活动(acte)的联系。我们是由我们的所为定义的吗?我们的存在是由我们的所作定义的吗?男人女人是他们的作为吗,还是在我们个体的真实与我们的活动之间存在一定区别、偏差?

你的人生证明我们不是我们的作为,相反,我们是我们的无为,因为世界或者社会阻止了我们。因为迪迪耶·埃里蓬所称的判决[1]降临于我们,同性恋、跨性别、女性、黑人、穷人,导致我们无缘某些生活、某些经验、某些梦想。

2004年——在初中,我第一次听到冷战、德国一分为二、柏林被一堵墙分开,还有这堵墙的倒塌。一座离我们这样近的大城市居然能在几乎一夜之间被一堵墙分成两部分,这消息对我不啻一场风暴。

---

[1] 迪迪耶·埃里蓬(Didier Eribon,1953—),法国社会学家,著有《社会如判决》一书。其《回归故里》启发爱德华·路易写了《和爱迪·贝勒盖乐做一了断》。

我入了迷，一整天我再也不听别人对我说的话，我只想着这个，其他事全干不了，我试着想象一堵墙摆在一条前一日男男女女还能毫无顾忌地穿越的道路的正中央。

推倒那堵墙的时候你已经二十多了，于是那天剩余的时间里我幻想着我要问你的问题：你是否认识见过那堵墙的人，男的或女的，曾经摸过它，参与过拆除它的人？那个一分为二的欧洲，告诉我，那是什么样，那堵横亘在两个欧洲之间的水泥墙？

载我回家的大巴车把我送到村里的广场，但我没像惯常那样在路上游荡，尽量延后到家的时间，我没有祈祷你的小汽车不在人行道上，我跑回来，我跑得比任何时候都快，满脑子的问题。

我把脑子里积累的所有问题全问了一遍，你含糊地回答我，对，对的，是真的，有一堵墙。他们在电视里说起过。你告诉我的只有这些。我等着下文，但你转过身去。我追问，可你说啊，这堵墙什么情况，怎么回事，它什么样，要是喜欢的人住在墙的另一边是不是永远就见不到了，永远吗？你答不出。我发现我的追问触痛了你。我那时十二岁，可我说着你听不懂的话。我还是又追问了几句，你发脾气了。你叫起来。你对我说别再追着你问了，但你这次发脾气和平常不一样，那不是正常的喊叫。你觉得没面子，因为我逼着你面对校园文化，将你逐离、不接受你的校园文化。历史在哪里？学校里教的历史不是属于你的历史。学校里教我们世界史，而你置身世界之外。

1999年——我掰着指头数：一，二，三，四，五，六，七，八。我马上就八岁了。你问我想要什么生日礼物,我回答说:《泰坦尼克号》。这部电影的录像带刚上市,电视里来回放着广告,每天好几次。我不知道这部片子究竟哪里吸引了我,我说不上来,爱情,莱昂纳多·迪卡普里奥和凯特·温斯莱特所象征的可以成为另一个人的梦想,凯特·温斯莱特的美貌,我不知道,但我已经迷上了这部我还没看过的影片。我向你提出要求。你回答我说这是女孩看的电影,说我不会想看的。或者更准确地说,我讲得太快,首先你求我换一个心愿,你不想要一个遥控的玩具车吗,或者一套超级英雄的衣服,那不是更好,你再好好想想。但我回答你,不要,我不要,我就要《泰坦尼克号》。经过我的坚持,经过你的失败,你换了口气。你对我说既然这样那我就什么都得不到,没有礼物。我不记得我有没有哭。又过了些日子。生日那天早上,我在床边发现一个白色的大礼盒，上面写着金字：泰坦尼克号。里面是录像带，一本关于电影的影集，可能还有一个邮轮摆件。这是一个收藏版礼盒，肯定超出你——也就是我们家——的负担能力，可你还是买了，包在包装纸里，放在我床边。我在你脸上亲了亲，你什么都没说，你任我在一年多的时间里每周把这部电影看上十来遍。

假演唱会那晚我伤到你了吗，因为我扮成女孩，因为你觉得你的朋友会因此评判你，认为你负有不可推卸的责任，把我当女孩来养？

你怕老鼠和蝙蝠。我不知道为什么偏偏是它们而不是其他动物。

你会大把抓起刨丝格吕耶尔奶酪，就着打开的包装袋塞到自己嘴里。我看到有些奶酪丝掉回袋子，从你嘴里掉回袋子，我为此责怪你："我不想吃在你嘴里过过的奶酪！"

你梦想在停尸房工作。你说："至少死人不给人添麻烦。"

假演唱会之后，我到屋外找你，你在抽烟，一口一口停不下来，你一个人，穿着T恤，天很冷，街上空无一人，毫无声响，几乎无尽的寂静涌入我的嘴巴我的耳朵，我能感觉到这种寂静。你看着地面。我对你说：对不起，爸爸。你把我揽在怀里，你说：没事，没事。别担心，没事。

*

曾有五年，你试图年轻。你离开了高中，日子刚开始没几天，你就被招进了村里的厂子，但你也没待很长时间，将将几周。你不想重复在你之前你爸和你爷爷的人生。他们在童年结束后，十四五岁，直接开始了工作。他们毫无过渡地从童年进入衰竭，进入死亡的准备期，没能享受另一些人称为青春的那些"忘却世界、忘却现实"的年华——这个表述有点傻，另一些人称为青春的那些忘却的年华。

而你，五年间，你为了年轻全力抗争，你去了法国南部生活，你琢磨那里的生活更美好，因为有阳光而没那么压抑，你偷过电动自行车，你通宵熬夜，你敞开了喝酒。你以最密集最激进的方式体尝这些经验，因为你感觉这些都是你偷来的——就是这个，这就是我想表达的：有些人被给予青春，有些人却只能百折不挠地偷取青春。

一天，这一切停止了。我想是因为钱，但那只是一方面。你停下了一切，回到你出生的村子，或者毗邻的村子，反正都一样，你在全家人曾在你之前工作过的厂子里找到了工作。

经典机制：你感觉没能把青春活透，所以你试图把整个人生活成青春。偷来的东西就有这种问题，譬如你和你的青春，我们总也无法相信偷来的东西真正属于自己，必须一直去偷这东西，偷到天荒地老，永无绝期地偷。你想追回它，夺回它，偷回它。只有那些从来被给予一切的人才会拥有真正的占有感，其他人不可能。占有不是某种可以得来的东西。

其中一次继续年轻、最终成为青年的尝试发生在你和你朋友安东尼在一起的时候。你还记得吗？你们开着车，看到后面有警察。你们喝了很多酒，他们要是逮住你们会收走你们的驾照，而且再也不会还回来。你们感觉他们跟着你们，于是加快了速度，就像一场追车大战，你们开得更快，以免被他们撵上，你们闯了红灯，继续加速，我估计你在模仿美国警匪追车，你整夜整夜地在电视里看的那种，我想即使在我们人生最紧张的时刻，我们仍会继续模仿从文学作品或影片中看来的场景与角色，你们一直开到一条河边，你们从车上下来，跳进水里，以免被警察抓住——我甚至不确定他们真的在跟踪你们——你们在水里游，你这个怕水胜过一切的人，你这个因为怕水甚至害怕泡澡的人，你怕水怕得不行，你们游在冰冷的河水里，在几百米外的地方上了岸。你们等了很久,脚踩在没踝的烂泥里,浑身湿透,巴望着警察走远,然后你们回到我妈那里,衣服吸饱了带着土腥和鱼腥气味的河水。水流在你们身上,流在你们皮肤上,流在地上,水滴从你衣服上滑落,无声地砸向地面。你自己没讲过这段故事,因为你从不讲,不过当我妈讲起这段时,她经常讲,每个月好几次,你笑笑,你说:"没错,那次真痛快。"那次你又从青春挣得了一段时间。

你痴迷于各种技术创新,似乎你想通过它们所代表的新事物对你的人生进行一场以往未能实现的翻新。你用羡慕和欣赏的语气评论新电话、新平板或新电脑的广告。你并不购买这些,它们太贵了。你只买流动商贩来村里的旧货市场兜售的那些新奇小玩意儿:一块倒走的手表,一台在家自制可乐的机器，一支往百米开外的墙上投射裸体女人图像的激光笔。我们记忆中的物件比人多。

你，你就在这些物件的青春中体验你的青春。

另一件事：九月时，村里搭起游乐会的帐篷，有玩具枪射击点，老虎机。四天内你花光了一个月的用度——用来买食物、支付账单和房租的钱。我妈说："我嫁的不是男人，我嫁了个小孩。"

（我用过去时讲述，因为如今我再也认不出你。用现在时那是撒谎。）

一个场景：是夏天，正当白昼却如深夜，黑暗笼罩了世间万物，笼罩了我们，你，我，还有我们并排而立的玉米地。大概是正午，天却黑着，你对我说：日食。你对我说：别摘眼镜，当心被月亮灼瞎眼睛，你就再也看不见了。你对我说：就这一回，地球上下回再有这档事我们全死了，你也是，你也死了，到时候。

（你把那块倒走的表送给了我，你在旧货市场上买来的那块。后来被我弄丢了。）

另一个场景：你开着车，我在后座上，在你后方，车上只有我们，你说：我们开到海浪上去。我不知道这是什么意思，我还从没听到过这个表达。你继续说：我们开到海浪上去。于是你向大海冲去，你开到沙滩上，大海越来越近，海浪向我们冲来，我以为你要杀了我们，你想自杀，想拉我一块死，我大叫，不要，爸爸，不要，求你了，我闭上双眼，我不想死，你继续开上前，开到水边，你打了下方向盘，就很快的一下，你不再向浪里开，而是贴着浪边开，两个轮子在沙上，两个轮子在水里，你的车有一部分进了水，大约二十或者三十厘米。我挪到后座另一边，从靠海一侧车窗看出去，真的是这样，只能看见大海，而你的车开在上面，开在海面。除了海没别的。你对我重复：你瞧我就对你说了。我们开到了海浪上。

我几乎忘光了上次我来看你时对你说的话，但没对你说的我全记得。总的来说，回想过往，回想我们的共同生活，我首先想起的便是我没对你说的话，我的回忆全都关于没有发生的事。

为争取青春的权利而奋斗的岁月过后是夫妻生

活。一切按部就班。

遇到你的时候我妈已经有了两个孩子，和她首任丈夫生的，那个在你之前遇到的人。你二话不说地把他们视为己出，他们夜里害怕，你就陪他们一起睡，即便他们已经挺大了，你提议他们跟你的姓——是企图在别人面前表现为一个好父亲，还是纯粹的爱，这两者的差异始终过于细微，不好判断。有一次我说我哥只是我半个哥哥，你抽了我一个嘴巴。你纠正我："就是你哥。没有什么半个哥哥，我没有按半个算的孩子。"

2006年——我就快讲完了，几乎再没什么可说的了。这是所剩无几的几幕之一，再往下就忘了。这一幕发生在大巴上，校车原本蓝绿色的绒布罩已经发白。我坐着。稍远处,在我前面隔着三四排的座位上是我堂弟杰森。他玩闹着。他玩闹的方式并不正常。他唱起歌,发出叫喊。司机叫他别出声。杰森不听。他不明白别人对他说的话,他当时又犯病了,天生的残疾导致他每个月都要发作好几次,谁也没法预料发作的时间,他也没法停下,根本不听周围的人说些什么。司机再次要求他保持安静,杰森反倒闹得更厉害,越来越失控,于是司机一脚踩死刹车,拉上手刹,站起来,走过去要揍我堂弟。等我明白发生了什么、会发生什么时,他已经揪住了杰森T恤衫的领子,扬起另一只手要抽他的脸,但这时我站了出来——我不知道怎么回事,这不像我,我并不是个勇敢的人——我对他说别难为残疾人。他停下动作,转过身子,冲我走来,我一动不动,他的耳光落在了我身上。

晚上回到家，我把这事告诉了你。你听着我说的，肌肉渐渐开始绷紧，你喘着粗气，对我说你会替我报仇。我请求你别那样做，我担心你报复的后果，我知道这种事情怎么变化，但已经晚了。第二天你等在村里的广场上，校车一停下你就冲进车里，你抓住司机的衣领，对他说再也不许碰我。在场的其他孩子看上去都很崇拜你，甚至还对我微笑，你的力量映照在我身上。可第二天，看到你威胁司机的那些人对我说我不会自己保护自己，说我要爸爸来出头。他们嘲笑了我好几个月，也不听我解释，在我有所反应之前，他们说："现在你要怎么做，要把你爸找来吗？"

（而我就没找过你几次）

一天，我坐在开往你现在居住的城市的火车上，我这样写：其他人，世界，司法，不断地为我们复仇，却没有意识到他们的复仇没帮到我们，反而毁了我们。他们以为用他们的复仇拯救我们，但他们毁了我们。

II

我并不无辜。2001年,我哥试图杀了他,我爸——那是世界贸易中心遭遇恐怖袭击后的几天,因为这点我才记得这事发生的日期,或者更确切地说我没能、我无法忘记这个日子。我和我哥一起观看双子楼起火,内爆,随后倒塌,我哥对着电视借酒浇愁,干掉了一瓶威士忌,他哭啊哭,他说,我还记得他说的，现在他们要把我们全干掉了，娘的，他就这么说，他们要把我们全干掉了，这是要开战了，我提醒你做好准备，因为接下来，我跟你说，我跟你说我们要死了，全会死，他警告我，他们下一颗要扔的炸弹，会扔到我们法国人头上，到时候，肯定，我跟你说，我们一个都跑不了。很久以来我都以为这些话是我爸说的，但现在我想起来，不是他，是我哥。而我，我当时九岁，我也哭，正像一个虽不怎么明白，但看到家人哭他也哭的孩子，可能正是因为这种不解、这种茫然而哭，因为已经有了对死亡的恐惧而哭，因为我还太小，没能明白我哥的话只是他暴力与偏执冲动的表现，只是一个两三年后我时时讨厌的人说的话。

一周后，我接着说，一周后，与那场恐怖事件毫无关联，它只是在时间上接近，使我得以定位这次未遂谋杀的发生时间。我哥，晚饭吃到一半，当着全家人抓着我爸的衣领，不断地把他的背往厨房的墙壁上撞。他要杀他，这已经不是他们两人第一次打架了。我爸大叫着，哀求他——我从没见过我爸哀求谁，我哥则嘶喊，我要宰了你狗娘养的，我要宰了你，总是一样的话，一样的表达，而我妈和黛博拉，我哥刚遇到的女孩，试着把我护在身后。我仿佛又看到我妈的样子，她往我哥身上扔玻璃杯，想阻止他，可一回也没扔中，玻璃杯在地上砸得粉碎。她也大叫，啊，奶奶的，你们总不至于窝里斗吧，别打了，她吼道，我不知道怎么说，她声嘶力竭地喊，他要杀他爸爸，他要杀他亲爸爸，又在我耳边小声叮嘱，别看，我的宝宝，别看，妈妈在这里，别看。

可我想看。因为是我挑起了我爸和我哥之间的这场争吵，是我设计的。这是一次报复。

我的报复故事始于一个早晨，非常早。想象一下这个场景：我正在厨房里喝热巧克力，坐在我妈和我哥边上。他们才醒，一边抽着烟一边看电视。他们起床才二十分钟，却已经每人抽了三四根烟，厨房里烟雾缭绕，把光线都挡住了。我呛得直咳嗽，我妈和我哥在电视前笑着，疲惫、低沉的笑声，依旧喷云吐雾。我爸和我姐不在。

我告诉我妈：我要去村里找一个朋友，帮他修自行车。她点点头，视线不离电视机。我静静地穿好衣服。我走出家门，再次听到她的笑声，我摔上门，冒着严寒，走在红与灰的砖石间，走在圈肥和晨雾的气味中，但接着，我忘了怎么回事，我发现落了样东西在房间，便折返回来。

我回到家，也没敲门，我辨认出，就在那儿，生着火的暖炉旁，被烟雾包裹的我妈和我哥的身影，比我离开前凑得更近了。而最主要的，最主要的是我看到了发生的事：我妈正在给我哥钱，她趁着光线昏暗、无人在场给他钱，而我，我知道我爸禁止我妈这么做，他曾命令她永远不许再给我哥钱，永远，因为他知道有了钱我哥会去买酒买毒品，一旦醉酒吸毒，他就会去超市和公交站涂鸦，或者在村体育场的看台上放火。他这样干了好几次，差点进了监狱，按道理是可以把他送进去的，我爸对我妈说，别让我再抓到你给这个贼骨头钱，所以我妈看到被我撞见吓了一跳。她走过来，火冒三丈，她说：你别想把这事告诉你爸，否则没你好的。随后她有些犹豫。她犹豫该不该采取这种策略，她尝试另一招，换了种口吻，重新用一种，怎么说来着，更柔和、更恳切的语气说，你哥在学校吃饭需要钱，可你爸就是不听解释，做妈妈的乖孩子，别对爸爸说，你知道你爸有时候有多混。于是我答应下来，我不会说的，我向她起誓什么都不会说。

两周后，我妈犯下致命错误。那时她还不知道日暮前她就会付出代价，会遭罪。这天早晨我和她单独在一起。我们没有说话。我准备去上学，就在我开门外出的时候，在两口烟的间隙，她对我说，没有明确理由——那时她经常对我那么说，但还没有如此生硬如此直接地说过——她对我说：你为什么是这样？你为什么做事总像个女孩？村里所有人都说你是同性恋，我们为了这事抬不起头来，所有人都瞧不起你。我不明白你为什么要这样做。

我没答茬。我离开家，一言不发地关上门，我不知道为什么我没哭，但接下来一整天都是我妈那些话的味道，空气里是那些话的味道，食物里是那些话的味道。一整天我都没哭。

当晚我放学后回到家。我妈摆上晚餐，我爸打开电视。

然后吃着饭我突然喊起来。我闭着眼飞快地高声喊道，妈妈她给文森钱，她继续给他钱，那天我看到她把钱给他，她还叫我别跟你说，她说千万别告诉你爸，她叫我骗你，她。但我爸没让我把话说完，他没让我说下去，他拦住我的话头。他转向我妈，问她这是不是真的，你要我是怎么着，这是想闹哪一出，他越说嗓门越大。他站起来，握住拳头，环顾四周，一时不知该怎么做，而我早就确信他会如此反应。

我看向我妈,我太好奇了,我想要她因为早上羞辱了我而遭罪,

我想要她遭罪,

而我知道,在我哥和我爸之间挑起一场冲突是让她遭罪的最佳方式。我和她视线相交,她对我说:你可真是个他妈的小人渣。她并不试图说谎,看上去恶心得快吐了。我低下头,开始为我方才所为感到羞耻,但在那一瞬,报复的快感依旧占了上风(过后才只剩了羞耻)。

我爸爆发了,他再也停不下来,有人对他说谎时他就会这样发狂。他把自己那杯红葡萄酒摔在地上,大叫这个家里我说了算,在我背后偷偷摸摸这算他奶奶的什么事。他叫得那么厉害,连我妈都害

怕了，连她都害怕了，而其他时候，在她人生的另一些日子里，她总说她永远不会怕哪个男人，尤其是其中的一个，说她不像其他女的。她把我揽在怀里，挡在我姐身前，要我爸平静一下，好了好了亲爱的，我以后不做了，但他平静不了，我早知道他平静不了。他继续发作，我妈也急了，大叫你有病还是怎么着，我警告你，你的碎玻璃要是伤到我哪个小的我抹你脖子，我弄死你。我爸一拳一拳地砸在墙上，他说我到底是造了什么孽啊，摊上这么一个家，出了那家伙

——他在说我——

出了那家伙还不够，还有一个酒鬼，啥都做不成，就会喝，喝，

喝，

瞧瞧他，

他指着我哥，

这个废物。听到这话，废物这词话音才落，我哥站起来扑向我爸，揍他要他闭嘴。他把我爸的身子抵在墙上，用他全身肌肉全身重量抵着，随后便是痛苦的喊叫、辱骂、痛苦的喊叫。我爸毫不反抗，他不愿打自己的儿子，打不还手。我感觉我妈温热的眼泪滴在我头顶，我心想：这是她活该，她活该——她继续试图捂住我的眼睛，但我从她指缝间欣赏这一幕，我看着黄色地砖上暗红的血迹。

我差点成了杀了你的人。

III

彼得·汉德克说:"面对所有事件,母亲似乎都在那里,张口结舌。"你不在那里。你甚至没有张口结舌,因为你已经不再能奢侈地享受讶异与惊骇,再没什么能让你意外,因为你已无任何期待,再没什么是暴力,因为你管暴力不叫暴力,你管它叫生活,你并不指称它,它就在那里,它在。

2004年又或者2005年——我十二岁或十三岁。我和我最好的朋友阿梅莉走在村里的路上,在人行道上找到个手机。它掉在那里,阿梅莉走过的时候踢到了,它滑下路面。她俯下身,把它捡起来,我们决定留着它玩玩,给阿梅莉在网上认识的男孩发发短信。

不到两天后,警察给你打电话说我偷了一个手机。我认为这个指控有点夸张,它又不是我们偷来的,它就在马路上,在路沿,我们并不知道是谁的,但你似乎相信警察说的更甚于我说的。你到我房间来找我,打了我一耳光,骂我小偷,带我去了警察局。

你感到羞耻。你看着我,仿佛我背叛了你。

车上你一句话都没说,但当我们在警察面前坐下,在他们贴满不知所云的告示的办公室里,你马上开始为我辩护,声音和目光中带着一股我从未见识过的力量。

你对他们说我决不会偷手机,那是我捡到的,没别的。你说我将来会成为教授、名医、部长,或是你还不知道的什么,但不管怎样我会念大学,我和那些贼骨头八竿子打不着(原话)。你说你为我骄傲。你说你从没见过像我这样聪明的孩子。我以前都不知道你这样想(知道你爱我?)。为什么你从没告诉我?

多年以后,我逃离村子住到了巴黎,晚上在酒吧遇到的男人问我和家里关系怎样——这是个古怪的问题,但他们会问——我总回答他们我讨厌我爸。

这不是真话。我知道我爱你,但我需要告诉别人我讨厌你。为什么?

为爱感到羞耻正常吗?

喝多了的时候,你低眉垂目,还是会对我说你爱我,说你不明白为什么其他时候你会那样暴力。你哭着向我承认你不知道如何解释贯注你的那些力量,它们让你说出立刻令你后悔的话。你是你行使的暴力的受害者,一如你是你遭受的暴力的受害者。

双子楼倒塌时你哭了。

认识我妈之前,你爱过一个叫西尔维的女人。你用墨汁把她的名字文在了手臂上。我问起关于她的事你不愿回答。一天一个朋友告诉我,因为我和他说起你:"你爸不愿谈他的过去,因为往事会提醒他他原本有可能成为另一个人,但他没有成功。"或许他是对的。

我和你一起上车陪你去买烟,或其他东西,但主要、经常是去买烟的那些时候。你往车载音响里塞进一张席琳·迪翁的盗版碟,上面你用蓝色记号笔写着"席琳",你播放唱片,使出浑身力气开唱。你背得出每一句歌词。我和你一起唱,我知道这是一个俗套的场面,但似乎唯有此时你才能对我说些其他时候不会对我说的话。

你吃东西前先搓搓手。

我从村里的面包房买来糖果,你像做错事一样从包装里拣起一粒,对我说:"别告诉你妈!"突然你和我活成了一样岁数。

一天,你把我最爱的玩具,一款名叫"疯狂医生"的桌游，送给了邻居。我每天都玩这款玩具，那是我最爱的，你却无缘无故把它送了人。我大喊大叫，苦苦哀求。你笑了笑，说："这就是生活。"

一晚，在村里的咖啡馆，你当着所有人的面说你真希望有一个和我不一样的儿子。此后几星期我都想死。

2000年——我记得这一年，因为家里还挂着庆祝千禧年的装饰，花环，五彩灯珠，还有我在学校里简笔乱涂的画，上面用金色字母写着新年和新世纪的祝福。

厨房里只有你和我。我对你说："看啊爸爸我会模仿外星人！"——我冲你用手指和舌头扮了个鬼脸。我从没见你笑成那样。你笑得停不下来，上气不接下气,笑出了眼泪,顺着你的脸往下流,你的脸通红,通红。我收起鬼脸,可你还在笑,笑得那么厉害,笑个不停,似乎会持续下去,回荡至世界末日,我不由开始担心、害怕。我问你为什么笑成这样,你在发笑的间隙回答:"你啊,你这小鬼真是绝了,我不知道我怎么就能生出一个你这样的。"于是我决定和你一起笑,我们俩紧挨着,一起捧腹大笑,笑了很久,很久。

麻烦是从你上班的厂子里开始的。我在我的第一本小说《和爱迪·贝勒盖乐做一了断》里讲过这事,一天下午我们接到厂里的电话,通知我们你被重物砸到了。你的背被砸中,压坏了,我们得知你将有好几年走不了路,走不了路。

开头几星期你一直卧床，一动不动。你再也不会说话，你只能叫喊。因为疼痛，你在夜间痛醒、叫喊，你的身体再也承受不了自己，稍稍动作、稍稍翻身都会唤醒你遭遇劫难的肌肉。在疼痛中，且因疼痛，你意识到自己身体的存在。

后来话语回归。起初，只是要吃要喝，随着时间推移，你开始说一些更长的句子，开始表达欲望、要求、愤怒。话语替代不了疼痛。对于这一点千万不要误会，必须有一说一。疼痛从未消失。

无聊占据了你生活的全部。我看着你，我发现无聊是最糟糕的事。即使在集中营，人也会感到无聊。这样想很奇怪。伊姆雷·凯尔泰斯[1]这么说，

---

[1] 伊姆雷·凯尔泰斯（Imre Kertész，1929—2016），匈牙利作家，集中营幸存者，2002年诺贝尔文学奖得主。

夏洛特·德尔伯[1]也这么说，即使在集中营，饥饿、焦渴、死亡、比死更糟的将死不死、焚尸炉、毒气室、潦草的处决、随时准备撕下你一条手脚的军犬、寒冷、炎热、钻入口中的热气与烟灰、干渴的嘴巴里硬得像一坨水泥似的舌头、脑腔里因脱水而萎缩的大脑、劳役、无尽的劳役、虱子、臭虫、疥疮、腹泻、无尽的焦渴，即使面对这些，还有所有我没提到的，仍旧有无聊的余地，仍旧有对事件的期待，不会到来或迟迟未至的事件。

你一大早起床，点上第一支烟的同时打开电视。我住隔壁房间，烟味和嘈杂声向我涌来，那是代表你存在的气味和声音。傍晚，你唤作"哥们"的那

---

[1] 夏洛特·德尔伯（Charlotte Delbo，1913—1985），法国作家，抵抗运动成员，集中营幸存者。

些人来家里喝茴香酒，你和他们一起看电视，你有时出去找他们，但更多时候，因为你的背痛，因为你被工厂压垮的背，因为你被迫过上的人生而压垮的背，那不是你的人生，不是属于你自己的人生，属于你自己的人生反而你从未经历，你活在你的人生边上，因为这些你待在家里，基本是他们来，你动不了，你的身体让你太痛苦了。

2006年3月，当过十二年法国总统的雅克·希拉克的政府及其卫生部长格扎维耶·贝尔唐宣布数十种药物不再由国家报销，其中大部分是治疗消化不良的药。你由于工伤后终日卧床，加之饮食不佳，一直都有消化问题。购买调节消化的药物变得越来越难。雅克·希拉克和格扎维耶·贝尔唐毁了你的肠胃。

为什么总也没人在传记中提这些名字？

2007年，参选总统的尼古拉·萨科齐对他称作"吃救济的人"的男男女女发起一场声讨，在他看来，这些人从法国社会偷钱，因为他们不工作。他说："劳动者 [……] 发现吃救济的人不劳而获，居然比他们每月辛苦挣钱过得还要好。"他让你明白，如果不工作，那你在这个世上就是多余的，一个窃贼，一个编外之人，西蒙娜·德·波伏瓦会说一张无用之口。他不认识你。他无权这样认为，他不认识你。来自统治者的这种侮辱把你的腰压得更低了。

2009年，尼古拉·萨科齐政府和它的同伙马丁·伊尔施取消了"融入社会最低收入"（RMI），那是国家向无业者提供的一笔最低收入，代之以"积极互助收入"（RSA）。再也不能工作后，你一直拿着RMI。按那届政府所说，用RSA取代RMI目的是"促进重新就业"。真相是，你从此被国家骚扰，逼你重新工作，哪怕你的健康一塌糊涂，哪怕工厂把你害成那样。你若不接受他们推荐或者更确切地说强加的工作，就会失去享受社会救济的权利。他们给你推荐的净是些半职的重活、体力活，地点是离我们家四十公里的大城市。去那里的话，每个月光是天天开车往返的油钱你就得花三百欧元。一段时间后，无奈之下你只得接受了一份在另一个城市当清洁工的活，为了七百欧元的月工资，整日俯身去收别人的垃圾，俯身，你的背可是坏的啊。尼古拉·萨科齐和马丁·伊尔施摧残了你的背。

你清醒意识到,政治是一件攸关你生死的事。

一次,是秋天,每年发放入户,用于资助文具、簿册、书包等用品支出的开学补贴上涨了将近一百欧元。你乐坏了,在客厅大喊:"我们去海边!"我们六个人坐着五人座的车去了——我钻进后备厢,仿佛谍战片里的人质,那是我顶喜欢的。

一整天都像过节一样。

那些什么都不缺的人,我从未见过有哪一家会为了庆祝一项政策而去海边,因为对他们而言,政治几乎不改变什么。我是住到巴黎后,在远离你的地方意识到这一点的:统治者会抱怨左翼政府,也会抱怨右翼政府，但政府从来不会造成他们的消化问题，政府从来不会摧残他们的背，政府从来不会让他们想去海边。政治不会改变他们的生活，就算改变也只是一丁点。这件事也是很奇怪，是他们在搞政治，可政治对他们的生活几乎毫无影响。对统治者而言，大部分时候，政治只是个审美问题：一种思考自身的方式，一种看待世界、构建个人的方式。对我们，那却是非生即死。

2016年8月，弗朗索瓦·奥朗德的总统任内，劳动部部长米莉亚姆·埃尔·库姆里在总理曼努埃尔·瓦尔斯的支持下，提交通过了所谓的"劳动法"。按照这部法律，企业解雇员工更方便，每周还可以要求他们在已有工时之外再额外工作几小时。

雇用你扫大街的那家公司可以要求你清扫更多街道，每周俯身时间更长。你如今的健康状态，行动困难，呼吸困难，离了仪器就没法活，很大程度上是因为在工厂里做机械动作，而后又每天俯身八小时清扫街道、清扫其他人的垃圾的这种生活。奥朗德、瓦尔斯和埃尔·库姆里窒息了你。

为什么总也没人提这些名字？

2017年5月27日——在一座法国城市，两名工会干部——他们都穿着工会T恤——当街质问法国总统埃马纽埃尔·马克龙。他们十分气愤，他们说话的态度向他传达了这一点。他们看起来也都病痛缠身。埃马纽埃尔·马克龙回答他们，语气极为鄙夷:"你们休想靠着身上的 T 恤让我害怕。给自己买正装最好的办法是工作。"他以此羞辱买不起正装的人,指责他们无用、懒惰。他把穿正装的人和穿 T 恤的人、被统治者和统治者、有钱人和穷光蛋、拥有一切的人和一无所有的人之间残忍的边界现实化了。来自统治者的这类侮辱把你的腰压得更低了。

2017 年 9 月——埃马纽埃尔·马克龙指责"懒鬼",按他的说法,阻止了法国的改革。你一直知道这个词专指你这样的人,那些因为住得离大城市过远而未能或不能工作的人,那些因为过早被逐出教育体系、没有文凭而找不到工作的人,那些因为工厂生涯摧残了他们的背而再也不能工作的人。没人会用"懒鬼"称呼一个终日坐在办公室向别人发号施令的老板。谁都不会这样说。我小时候,你反复说"我不是懒鬼",仿佛有强迫症似的,因为你知道这一辱骂就像一个你想除魔的幽灵一般盘旋在你头上。

知耻方有骄傲:你骄傲自己不是一个懒鬼,因为你耻于同可用这一词语称呼的人为伍。"懒鬼"这个词于你是个威胁,是个侮辱。来自统治者的这类侮辱把你的腰压得更低了。

我方才所念的这些名字,或许读到我的书或听到我发言的人并不认识,或许已经忘了又或者从未听说,但正因如此我才要念出来,因为有些凶手从未因他们所犯的谋杀而被点名,有些凶手因为匿名或被人遗忘而逃脱了骂名,我害怕,因为我知道世界在暗处、在黑暗中运作。我拒绝他们被遗忘。我要让他们从现在起被人记住、举世皆知，老挝，西伯利亚和中国，刚果，美洲，跨越五大洋，深入七大洲，越过所有边界。

一切最终总会被遗忘？

我愿这些名字变得如阿道夫·梯也尔、莎士比亚笔下的理查三世或开膛手杰克一般令人难忘。

我愿为了报复让这些名字进入历史。

2017 年 8 月——埃马纽埃尔·马克龙的政府每月扣除最贫困的法国人五欧元，他将每月帮助最贫困的法国人居住、支付租金的补助减少了五欧元。同一天，或几乎同一天，那不重要，他宣布为法国最有钱的人减税。他认为穷人钱太多，有钱人钱不够。他的政府解释说五欧元毛毛雨。他们不知道。他们说出这些犯罪的话，因为他们不知道。埃马纽埃尔·马克龙把食物从你口中夺走。

*

奥朗德、瓦尔斯、埃尔·库姆里、伊尔施、萨科齐、马克龙、贝尔唐、希拉克。你的苦难史记录了这些人名。你的人生史就是这些相继压垮你的人的历史。你的身体史就是这些相继毁了你的人名的历史。你的身体史控诉政治史。

*

最近几年你变了。你成了另一个人。我们一起交谈，久久交谈，我们交换意见，我指责我小时候那个曾经的你，你的严苛，你的沉默，我方才一直历数的这些场景，你听着我说。你一生都在说法国的问题来自外国人和同性恋，但现在你批评法国的种族主义，你要我说说我爱的那个男人。你购买我出的书，你把它们送给你身边的人。你的变化发生在一夜之间，我的一个朋友说是子女改变他们的父母，而不是相反。

但他们对你身体的所作所为没有给你机会，让你可以体验你业已成为的这个人。

上个月，我来看你，走之前你问我："你还忙政治吗？"——这个"还"是针对我进高中后第一年加入一个极左政党的事，我们当时吵了一架，因为你觉得我老是参加非法游行会被司法机构盯上。我对你说:"是的,越来越忙。"你有三四秒没说话,你看着我,最后你说:"做得对。做得对,我想是应该来场大革命。"

致 谢

本书，若无克劳迪娅·兰金[1]、王鸥行[2]、欧大旭[3]和彼得·汉德克的文字在前，特别是《无关紧要的苦难》和《脸：岸上的陌生人》，不可能是现在的形式。同样，没有泰伦斯·马力克[4]的电影，它也不会是现在这样——我说不清写作中看了《通往仙境》和《生命之树》多少回，总之几十次。没有奥斯陆文学之家、耶鲁大学、纽约新学院大学及麻省理工——我在这些地方展示了本书最初的草稿，以及发表过这些草稿的挪威《晨报》、瑞典《每日新闻》、德国《法兰克福汇报（周日版）》及美国《自

---

[1] 克劳迪娅·兰金（Claudia Rankin，1963— ），牙买加裔美国诗人、剧作家、多媒体艺术家。

[2] 王鸥行（Ocean Vuong，1988— ），越南裔美国诗人、小说家。

[3] 欧大旭（Tash Aw，1971— ），华裔马来西亚英语作家。《脸：岸上的陌生人》（*The Face: Strangers on a Pier*）是其发表于 2016 年的短篇回忆录。

[4] 泰伦斯·马力克（Terrance Malick，1943— ），美国电影人，凭借《生命之树》摘得 2011 年法国戛纳电影节金棕榈奖。

由人报》，这一作品也不会问世。我同样要感谢斯坦尼斯拉斯·诺代[1]，他是本书的源起，他以太阳般的能量支持这一作品，是它的第一个读者。当然，离了迪迪耶和若福瓦[2]，本书绝不会存在。

---

[1] 斯坦尼斯拉斯·诺代（Stanislas Nordey，1966— ），法国当代演员、导演。
[2] 分别指迪迪耶·埃里蓬和哲学家、社会学家若福瓦·德拉加内里（Geoffroy de Lagasnerie，1981— ）。

Qui a tué mon père
Copyright © Édouard Louis, 2018
2024 SHANGHAI TRANSLATION PUBLISHING HOUSE (STPH)
All rights reserved.

图字号：09-2021-905 号

图书在版编目 (CIP) 数据

谁杀了我的父亲 / (法) 爱德华·路易著；赵一凡
译. —上海：上海译文出版社，2024.6
 ISBN 978-7-5327-9452-2

Ⅰ.①谁… Ⅱ.①爱…②赵… Ⅲ.①中篇小说—法国—现代 Ⅳ.①I565.45

中国国家版本馆 CIP 数据核字（2024）第 086629 号

谁杀了我的父亲
[法] 爱德华·路易　著　赵一凡　译
责任编辑 / 黄雅琴　装帧设计 / 山川制本 workshop　封面插图 / Andrei Nuţu

上海译文出版社有限公司出版、发行
网址：www.yiwen.com.cn
201101　上海市闵行区号景路 159 弄 B 座
上海盛通时代印刷有限公司印刷

开本 787×1092　1/32　印张 2.75　插页 5　字数 19,000
2024 年 6 月第 1 版　2024 年 6 月第 1 次印刷
印数：0,001-8,000 册

ISBN 978-7-5327-9452-2/I·5911
定价：39.00 元

本书中文简体字专有出版权归本社独家所有，非经本社同意不得转载、摘编或复制，如有质量问题，请与承印厂质量科联系。T：021-37910000